PADDINGTON™2
El cuento de la película

HarperCollins
PUBLISHERS
Since 1817

© 2017 por HarperCollins Español
Publicado por HarperCollins Español, Estados Unidos de América.

Título en inglés: *Paddington 2: The Movie Storybook*
© 2017 por Paddington and Company Limited/STUDIOCANAL S.A.S.
Publicado por HarperCollins Children´s Books.

Editora-en-Jefe: *Graciela Lelli*
Traducción: *Belmonte Traductores*
Adaptación del diseño al español: *Grupo Nivel Uno, Inc.*

ISBN: 978-1-41859-819-8
Impreso en China
17 18 19 20 21 ¡ 6 5 4 3 2 1

Era el día más cálido del verano en Londres, cuando el Oso Paddington se sentó para escribir su carta quincenal a su querida tía Lucy en Perú.

Querida tía Lucy:

Ha sido un verano muy ocupado en Windsor Gardens.

La Sra. Brown ha decidido recorrer a nado el canal de la Mancha. Se entrena cada mañana en el lago de Hyde Park

Sra. Brown

Judy

... Judy ha descubierto una vieja imprenta en la escuela, y yo la he estado ayudando a fundar su propio periódico.

Jonathan

Jonathan comienza la escuela «de los grandes» este año. Ha decidido que si quiere hacer nuevas amistades, tiene que cambiar de imagen. Se hace llamar J-Dog, le gusta el kung-fu y no le gustan nada los trenes de vapor.

¿Y el Sr. Brown? El Sr. Brown está teniendo lo que la Sra. Bird llama una plena crisis de la mediana edad, y ha empezado a hacer una forma de yoga poco conocida llamada «Chacrabatics». Estoy seguro de que muy pronto lo hará mejor.

Sr. Brown

En cuanto a mí, he hecho muchos amigos en Londres...

Mademoiselle Dubois

Mademoiselle Dubois, la ciclista; cada mañana me lleva en su bici...

El Dr. Jafri, que siempre olvida sus llaves...

Dr. Jafri

Sra. Kitts y Feathers

y la Sra. Kitts, que dirige el quiosco de periódicos con su loro, Feathers.

Sin olvidar, desde luego, a mi viejo amigo el Sr. Gruber, dueño de la tienda de antigüedades Gruber. La gente es muy amable conmigo, y yo intento hacer que te sientas orgullosa.

Con mucho cariño de: Padingtun

Sr. Gruber

Paddington fue a la tienda del Sr. Gruber ese mismo día para buscar el regalo perfecto para su tía Lucy, ¡que iba a celebrar su cumpleaños centenario ese año!

—Acabo de recibir la visita de Madame Kozlova —le dijo el Sr. Gruber a Paddington—. Ella dirige la feria de máquinas de vapor que ha llegado a la ciudad. Estaba haciendo limpieza de cosas y encontró un viejo baúl de recuerdos que quiere que le venda.

Al rebuscar en el baúl, Paddington encontró un hermoso libro desplegable sobre Londres. Aparentemente, lo había hecho a mano la abuela de Madame Kozlova. No era barato... pero era perfecto.

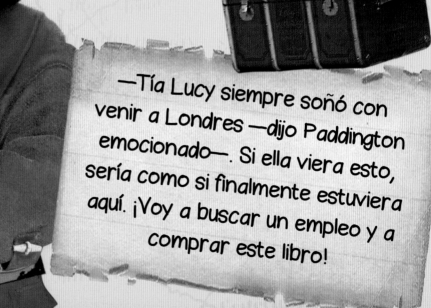

—Tía Lucy siempre soñó con venir a Londres —dijo Paddington emocionado—. Si ella viera esto, sería como si finalmente estuviera aquí. ¡Voy a buscar un empleo y a comprar este libro!

Esa noche, los Brown y Paddington visitaron la feria de máquinas de vapor de Madame Kozlova. Estaba siendo inaugurada por el actor Phoenix Buchanan, que antes era muy famoso pero ahora hace anuncios de comida para perros. También resultó que era vecino de los Brown y uno de los clientes de seguros del Sr. Brown.

Paddington le contó a Phoenix todo sobre el libro desplegable que quería comprar para su tía Lucy. Phoenix estaba muy interesado.

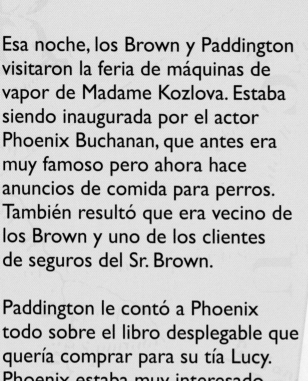

Tras un par de comienzos en falso, Paddington encontró un empleo en el que era bueno: ¡limpieza de ventanas!

No mucho después, tenía un bote lleno de dinero, ¡y se dio cuenta de que pronto tendría suficiente para comprar a tía Lucy el libro desplegable para su cumpleaños! Estaba tan emocionado, que decidió pasar por la tienda del Sr. Gruber de camino a su casa para echar otro vistazo al libro en el escaparate de la tienda. Era tan hermoso como Paddington recordaba.

Mientras admiraba el libro, oyó el tintineo de cristales rotos desde el lateral de la tienda. ¡Alguien estaba entrando por el escaparate del Sr. Gruber!

—¡Detente, ladrón!
—gritó Paddington.

—¡Maldición!
—exclamó el intruso, metiéndose dentro apresuradamente. Paddington cruzó el escaparate tras el ladrón, quien corrió hacia la puerta principal.

La alarma comenzó a sonar mientras Paddington miraba la caja de cristal. ¡El libro desplegable no estaba!

Paddington comenzó a perseguir al ladrón... pero cuando salía rápidamente de la tienda, llegó la policía justo tras él.

—Robo en la tienda de antigüedades Gruber. El sospechoso es... un pequeño oso con abrigo de lana gruesa y sombrero rojo.

Paddington corría tan rápido como podía. Al final, pudo alcanzar al ladrón.

—Vale, vale —dijo el ladrón—. Me agarraste.

Y después de eso desapareció, en medio de una nube de humo...

... justo cuando llegaba la policía.

—Um... garras arriba —ordenó la policía.

—Pero *yo* no soy el ladrón —insistió Paddington—. ¡Yo iba *persiguiendo* al ladrón! Y entonces él...

—¿Qué? ¿Desapareció en medio de una nube de humo? —dijo ella con sarcasmo.

—Bueno... sí —respondió el pobre Paddington con gesto de impotencia.

Los Brown quedaron horrorizados cuando la policía llevó a casa a Paddington.

—Debe haber algún error —insistió el Sr. Brown.

—No hay ningún error, señor —dijo el policía meneando la cabeza—. Lo agarramos con las manos en la masa robando en la tienda de antigüedades Gruber.

—Bueno, bueno, bueno —dijo el Sr. Curry, el vecino malvado de los Brown—. Se ha revelado la verdad. Nosotros abrimos nuestros corazones y nuestras puertas a ese oso; bueno, ustedes lo hicieron. Y todo este tiempo él les ha estado robando. Odio decir que ya se lo dije, ¡pero sin duda alguna ya se lo dije!

Los vecinos y amigos de Paddington murmuraban ansiosamente entre ellos mientras se llevaban al confuso oso en la parte trasera de una camioneta policial.

Excepto uno de los vecinos, que estaba sentado en un cuarto secreto en su ático quitándose el disfraz. Parecía que el ladrón no era otro que...

¡PHOENIX BUCHANAN!

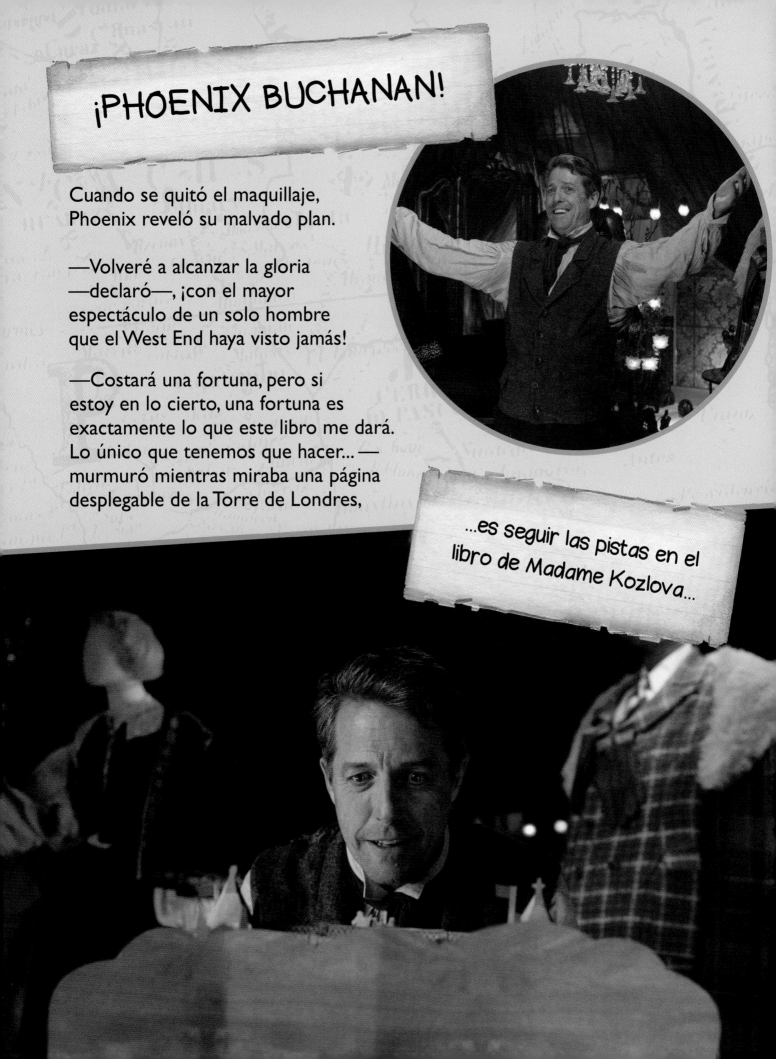

Cuando se quitó el maquillaje, Phoenix reveló su malvado plan.

—Volveré a alcanzar la gloria —declaró—, ¡con el mayor espectáculo de un solo hombre que el West End haya visto jamás!

—Costará una fortuna, pero si estoy en lo cierto, una fortuna es exactamente lo que este libro me dará. Lo único que tenemos que hacer... —murmuró mientras miraba una página desplegable de la Torre de Londres,

...es seguir las pistas en el libro de Madame Kozlova...

Al día siguiente, el caso de Paddington pasó al tribunal.
El Sr. Gruber fue el primero en el estrado de los testigos.

—Dígame Sr. Gruber —preguntó la abogada, molesta—, ¿mostró Paddington Brown algún interés en el libro antes de que fuera robado?

—Desde luego que sí —asintió el Sr. Gruber—. A Paddington le encantaba el libro. Lo deseaba de todo corazón.

—¿Hablaron sobre lo caro que era el libro? —le preguntó ella.

—Sí, ¡pero él se estaba ganando el dinero! Me niego a creer que Paddington robaría nunca en mi tienda.

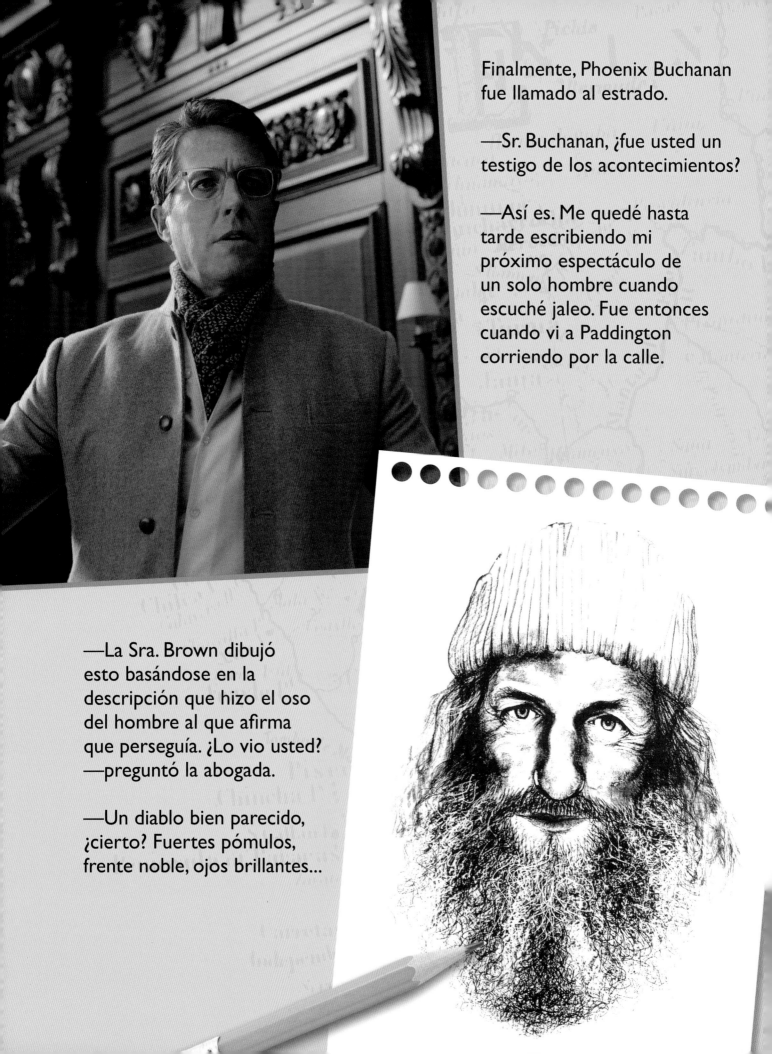

Finalmente, Phoenix Buchanan fue llamado al estrado.

—Sr. Buchanan, ¿fue usted un testigo de los acontecimientos?

—Así es. Me quedé hasta tarde escribiendo mi próximo espectáculo de un solo hombre cuando escuché jaleo. Fue entonces cuando vi a Paddington corriendo por la calle.

—La Sra. Brown dibujó esto basándose en la descripción que hizo el oso del hombre al que afirma que perseguía. ¿Lo vio usted? —preguntó la abogada.

—Un diablo bien parecido, ¿cierto? Fuertes pómulos, frente noble, ojos brillantes...

—Pero ¿lo vio usted?

—Pues no.

Aquello no presagiaba nada bueno. El juez golpeó su mazo.

—Paddington Brown. Por la presente le condeno a diez años por robo mayor.

Querida tía Lucy:

Han pasado muchas cosas desde la última vez que escribí. Me temo que ha habido cierto malentendido y he tenido que salir de Windsor Gardens y mudarme... a otro lugar.

No es tan bonito como la casa de los Brown, pero tampoco es tan malo. Es un edificio de época; de hecho, es uno de los edificios victorianos más destacados en Londres, y las condiciones de seguridad son de primera clase.

Los Brown han prometido hacer todo lo que puedan para devolverme a casa. Estoy deseando verlos, y ellos tendrán que solucionarlo todo. Por ahora, creo que intentaré llegar a conocer a mis nuevos vecinos.

Tu sobrino que te quiere,

Padingtun

Mientras tanto, los Brown y la Sra. Bird estaban desesperados por demostrar la inocencia de Paddington.

HAVE YOU SEEN THIS MAN?

PHONE 0207 946 0329

HAVE YOU SEEN THIS MAN?

PHONE 0207 946 0329

Judy imprimió una edición especial de su periódico, y Jonathan puso carteles por todo el barrio.

—Creo que hay algo que huele mal en todo este asunto —dijo la Sra. Brown dando un suspiro—. Me refiero a que... de todos los tesoros, ¿por qué el ladrón se llevó el libro desplegable?

—Probablemente no sabía mucho de antigüedades —dijo el Sr. Brown encogiéndose de hombros—. No tiene aspecto de saber de eso.

—Quizás. O quizás sepa algo sobre el libro desplegable que nosotros no sabemos...

Desgraciadamente, los intentos de Paddington por llevarse bien con sus compañeros de prisión no resultaron tan bien como él esperaba, y cuando metió sin querer un calcetín rojo en la colada y tiñó de color rosa los uniformes de todos, se volvió persona non grata.

—Buenas tardes, colegas —dijo mientras se sentaba a comer con sus compañeros—. Si me preguntan, el rosa en realidad ilumina las cosas.

Al ver la expresión de sus caras, Paddington cambió de tema rápidamente, y preguntó qué era lo que todos tenían en sus platos.

Nadie lo sabía exactamente, pero tampoco ninguno se atrevía a preguntarle a Knuckles, el chef de la prisión.

—Te contaré algo, hijo —dijo un recluso llamado T-Bone—. Si logras que Knuckles cambie el menú, todos podríamos perdonarte por hacernos parecer un grupo de flamencos rosados...

Paddington no pudo evitar sentir que la sonrisa de T-Bone era un poco amenazante, pero recordándose a sí mismo el dicho de tía Lucy: «Si buscas lo bueno en las personas, lo encontrarás», se acercó al chef de la prisión para tener una charla amigable sobre su comida...

... aunque rápidamente entendió que quizás había juzgado mal la situación

Con un rayo de inspiración, al ver el rostro furioso de Knuckles, Paddington sacó de debajo de su sombrero el sándwich de emergencia y lo metió en la boca de Knuckles.

—¿Qué es eso? —preguntó Knuckles.

—¡Es mermelada! —dijo él tartamudeando.

—¿Mer-me-lada? —susurró Knuckles con asombro—. ¿Tú sabes hacer esto?

Desde ese momento, Paddington estuvo bajo la protección de Knuckles. Había tan solo una condición: Paddington tenía que enseñarle todo lo que sabía sobre hacer mermelada.

En Windsor Gardens, la Sra. Brown no podía apartar de ella la sensación de que el ladrón sabía algo importante sobre el libro desplegable. Por lo tanto, los Brown y el Sr. Bird hicieron una visita a la feria de máquinas de vapor para ver a Madame Kozlova, la dueña del libro, y comprobar si ella podía decirles más cosas al respecto.

Y qué historia tenía para contar Madame Kozlova...

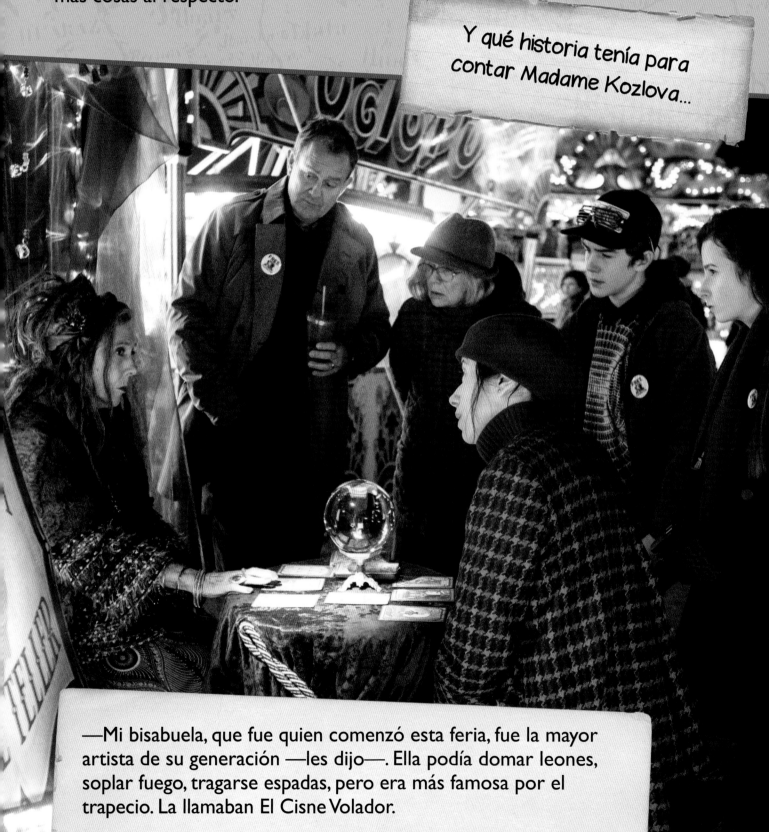

—Mi bisabuela, que fue quien comenzó esta feria, fue la mayor artista de su generación —les dijo—. Ella podía domar leones, soplar fuego, tragarse espadas, pero era más famosa por el trapecio. La llamaban El Cisne Volador.

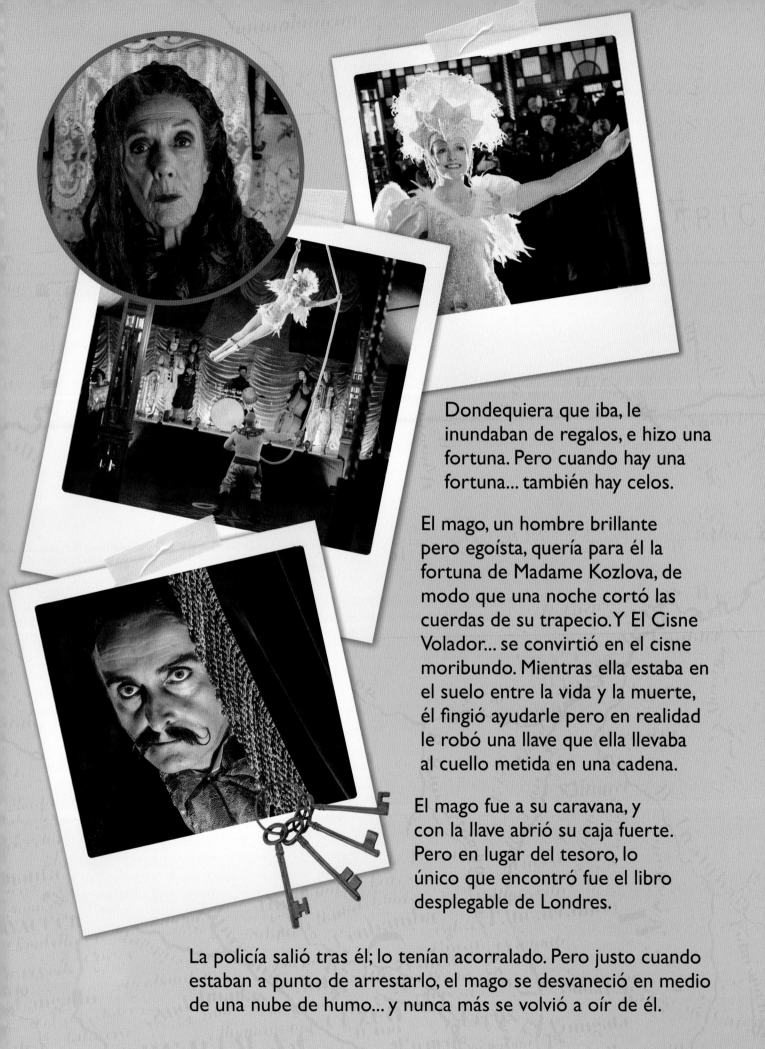

Dondequiera que iba, le inundaban de regalos, e hizo una fortuna. Pero cuando hay una fortuna... también hay celos.

El mago, un hombre brillante pero egoísta, quería para él la fortuna de Madame Kozlova, de modo que una noche cortó las cuerdas de su trapecio. Y El Cisne Volador... se convirtió en el cisne moribundo. Mientras ella estaba en el suelo entre la vida y la muerte, él fingió ayudarle pero en realidad le robó una llave que ella llevaba al cuello metida en una cadena.

El mago fue a su caravana, y con la llave abrió su caja fuerte. Pero en lugar del tesoro, lo único que encontró fue el libro desplegable de Londres.

La policía salió tras él; lo tenían acorralado. Pero justo cuando estaban a punto de arrestarlo, el mago se desvaneció en medio de una nube de humo... y nunca más se volvió a oír de él.

—Tiene que haber algo especial en ese libro desplegable —le dijo la Sra. Brown al Sr. Brown más avanzada esa tarde.

—Madame Kozlova dijo que había 12 puntos de referencia distintos en él. Me pregunto si serán... no sé... ¿pistas?

—¿Pistas? —se burló el Sr. Brown.

—De dónde ocultó ella su fortuna —exclamó la Sra. Brown, entusiasmándose con su tema—. ¡Y por eso el ladrón se lo robó al Sr. Gruber!

El Sr. Brown no quedó convencido, pero la Sra. Brown no iba a ceder. —Creo que tras él hay algo más de lo que parece —dijo ella—. Creo que de algún modo sabe sobre la fortuna Kozlova...

...y está por ahí en algún lugar, ahora mismo, ¡intentando encontrarla!

Fuera de la catedral de San Pablo, un grupo de monjas iba subiendo lentamente y con elegancia las escaleras, y entonces comenzaron una reverente procesión hacia el magnífico altar. Pero mientras caminaban, una de ellas se escabulló y salió a hurtadillas por una escalera de caracol hasta un balcón a la derecha en la magnífica bóveda: la Galería de los Susurros. ¡No era ninguna monja! ¡Era Phoenix Buchanan!

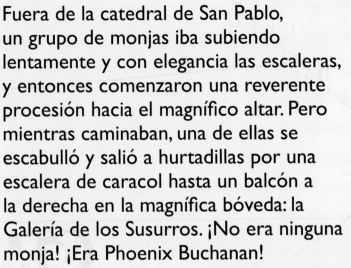

Allí, encontró lo que buscaba: la letra «A» tallada en la base de mármol de una estatua de un ángel, justamente antes de que un guarda de seguridad lo detectara. Phoenix salió corriendo, derribando por accidente la estatua por encima de las rejas, pero se las arregló para escapar sin que lo atraparan.

Más avanzada aquella noche, de nuevo en la prisión, Knuckles despertó a Paddington para que le diera su lección de cómo hacer mermelada. Parecía pensar, sin embargo, que debería ser Paddington quien hiciera todo el trabajo mientras él leía su periódico. Por fortuna, cuando Paddington utilizó una de sus «miradas firmes», Knuckles se volvió mucho más cooperativo. De hecho, trabajaron bastante bien juntos.

Finalmente, la mermelada estaba lista.

—¿Bueno? —preguntó
Knuckles ansiosamente—
¿Ha salido bien?

—Solo hay una forma
de descubrirlo...
—respondió Paddington.

A la mañana siguiente, y para sorpresa de Knuckles, su mermelada recibió una ovación de pie. De hecho, salió tan bien que algunos de los otros reclusos sugirieron recetas que también podían preparar.

—Yo sé hacer panna cotta de fresa con glaseado de granada —ofreció T-Bone.

Poco después, la cantina, y la cocina, y ciertamente toda la prisión, se convirtió en un lugar muy distinto. Y todo ello fue gracias a la influencia de Paddington...

Sin mencionar la de la tía Lucy, que siempre decía:

«Si eres amable y educado, el mundo irá bien».

Las cosas iban mejor en la prisión, pero aun así Paddington
tenía muchas ganas de recibir su visita mensual de los Brown.
Tenía la seguridad de que tendrían buenas noticias para él.

Muy contentos por volver a ver a su pequeño amigo,
los Brown y la Sra. Bird le explicaron su teoría.

—Se ha visto a tres sospechosos husmeando
en tres puntos relevantes de Londres en la
última semana —dijo la Sra. Brown.

—Creemos que el ladrón es parte de un grupo criminal... —dijo Judy.

—... ¡que utilizan el libro desplegable como un mapa del tesoro!
—terminó Jonathan.

—Entonces, ¿saben quiénes son? —preguntó Paddington.

Hubo una pausa.

—Todavía no, querido
—dijo la Sra. Bird
meneando la cabeza.

—Quizás yo debería echar un vistazo —dijo Knuckles, juntándose con el resto de los nuevos amigos de Paddington.

—Si alguien puede reconocer a un criminal, somos nosotros.

Pero nadie conocía a los hombres que aparecían en los dibujos.

—Siento decirlo, hijo —Knuckles negó con la cabeza—, pero creo que tus amigos andan descaminados. ¿Una monja, un guardián y un rey? Suena más a una fiesta de disfraces que a un grupo criminal.

—Entonces, ¿qué vamos a hacer ahora? —preguntó Paddington titubeando.

Nadie tuvo respuesta para esto.

Pasó el tiempo, pero Paddington siguió en la cárcel. Los Brown continuaron distribuyendo sus panfletos, carteles y periódicos, manifestando su inocencia.

Entonces, una mañana de invierno cuando la Sra. Brown dejó su último montón en el quiosco de periódicos de la Sra. Kitts, oyó que la llamaban por su nombre.

Se giró para ver a Phoenix Buchanan de pie en su balcón.

—¡Venga aquí! —le gritó—. ¡Quiero oírlo todo sobre la investigación!

Pero Phoenix no estaba interesado realmente en la investigación.

Cuando hubo establecido que no había llegado a ninguna parte, le dijo a la Sra. Brown:
—Bueno, yo tengo ciertas noticias que podrían cambiar la expresión de su rostro. ¡Parece que están llegando los fondos para mi espectáculo de un solo hombre! Una noche de monólogos y canciones; todas mis grandes creaciones de nuevo sobre el escenario. Yo lo llamo El Phoenix se Levanta.

La Sra. Brown suspiró.
—Parece muy extraño que Paddington esté en la cárcel pero la vida sigue adelante.

—¿Cómo sabe que el hombre tenía ojos azules? —respondió ella abruptamente. Phoenix vaciló.

—El hombre del cartel... ¡Su maravilloso dibujo!

—¡Era un boceto a lápiz!

De repente, se descubrió. ¡Él era el hombre! ¡El ladrón! Era él...

¡PHOENIX BUCHANAN!

—¡¿PHOENIX BUCHANAN?!

—resopló el Sr. Brown cuando la Sra. Brown explicó su teoría a su familia poco después.

—Volvamos al planeta tierra por un momento. Phoenix Buchanan es un actor muy respetado; no es un ladrón de poca monta. ¿Y podría recordarte que realmente no tienes ninguna prueba?

Dado que Phoenix también era miembro de la empresa de seguros del Sr. Brown, Club Platinum, y un cliente muy importante, iba a resultar muy difícil hacer cambiar de opinión al Sr. Brown.

Pero la Sra. Bird tenía un plan...

... y ella no era la única...

Mientras tanto, en la prisión, había planes en progreso...

—¡Shh! ¡Paddington!

Paddington gateó hasta las tuberías de la calefacción central
en su celda y abrió el respiradero del aire.

—¿Knuckles?

No era solo Knuckles, sino también Phibs y Spoon. Los tres le dijeron a
Paddington que estaban planeando fugarse, y que debería irse con ellos.
Entonces podrían encontrar el libro robado y limpiar el nombre de
Paddington. Pero el pequeño oso no estaba seguro; no creía
que la tía Lucy lo aprobaría.

—Los Brown lo solucionarán por mí
—aseguró a sus amigos—, ya lo verán.

—Puede que no te guste oír esto, amigo
—dijo Knuckles amablemente—, pero tarde
o temprano tus amigos te darán la espalda.

—Se saltarán una visita, y después dos
—dijo Spoon dando un suspiro.

—Antes de que te des
cuenta, te habrán
abandonado totalmente
—terminó Knuckles.

—¡Se equivocan! —exclamó Paddington—
¡Se equivocan por completo!
¡Los Brown no son así!

... antes de subir corriendo a su ático para comprobar que el libro desplegable estaba donde él lo dejó.

—¡Ha estado cerca! —dijo con un suspiro de alivio.

—Mantén la calma —se dijo para sí—. He seguido las pistas por todo Londres. Al principio pensé que eran solamente un conjunto de letras, pero después me di cuenta de que eran notas musicales... ¡y sé bien dónde tocarlas!

En la comisaría de policía, los Brown contaron lo que habían descubierto, pero al no tener pruebas les dijeron que no demostraba nada. Desalentados, salieron de la comisaría, ¡y se dieron cuenta de que se habían perdido su hora de visita con Paddington!

Paddington esperó y esperó a los Brown, pero no fue nadie a visitarlo. Se preguntaba si sus nuevos amigos tenían razón: quizás su familia finalmente se olvidaría de él. Tristemente, decidió que lo único que le quedaba era fugarse con los otros e intentar limpiar su nombre.

Todo salió según el plan, y antes de que pasara la noche, Paddington se encontró flotando por encima de los tejados de Londres en un globo de aire improvisado con sus compañeros fugitivos.

Cuando llegaron a los muelles de East End, los prisioneros hicieron descender el globo junto a una vieja fábrica al lado del río.

—Ahí está: nuestro boleto de salida de aquí —Knuckles señaló a un hidroavión que estaba esperando en el río.

Paddington se frenó en seco.

—Pero ¿no vamos a limpiar mi nombre?

Knuckles se encogió de hombros tímidamente.
—Cambio de planes.

—Nos vamos del país —sonrió Spoon.

—Pero ustedes dijeron... ¡me mintieron!

—¡Te hemos hecho un favor! Si te hubiéramos dicho la verdad, ¡nunca habrías venido! —protestó Knuckles.

Paddington no quería salir del país. Quería limpiar su nombre y regresar a casa con los Brown. Traicionado y triste, se giró y salió corriendo.

Paddington divisó una cabina telefónica en una callejuela lateral. Marcó el número de los Brown pero el teléfono saltó al buzón de voz. Abatido, Paddington dejó un mensaje y se fue, sin tener ni idea de dónde ir.

Entonces algo mágico
sucedió: el teléfono sonó

Casi sin atreverse a tener esperanzas,
el pequeño oso corrió a responder.

—¿Paddington? —¡Era la Sra. Brown!

—Sí, sí, ¡soy Paddington! —gritó
él sintiéndose muy aliviado.

Con alegría, la familia se reunió alrededor del
teléfono, clamando para decirle a Paddington
cuánto le querían, y que nunca le darían la espalda.

—¡Y sabemos quién es el ladrón! —gritó Judy.

—¡ES PHOENIX BUCHANAN!

—¿El Sr. Buchanan? —repitió Paddington asombrado.

—¡Pero él ha desaparecido! —dijo la Sra. Bird. !Lo hemos estado buscando toda la noche!

—Lo único que sabemos es que a las 06.35 de hoy, estará «¡Donde todos tus sueños se hacen realidad!» sea lo que sea eso —le dijo la Sra. Brown a Paddington.

—Ya he visto eso antes —dijo Paddington lentamente—. En el libro desplegable y... ¡el órgano en la feria de máquinas de vapor!

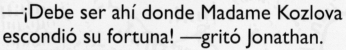

—¡Debe ser ahí donde Madame Kozlova escondió su fortuna! —gritó Jonathan.

—La feria se irá de la ciudad hoy —dijo la Sra. Bird.

—¡A las 06.35! —de repente, la Sra. Brown juntó todas las piezas.

—¡Todavía hay tiempo! —dijo la Sra. Bird mirando a su reloj.

—Paddington, ve a la estación —ordenó el Sr. Brown—. Si podemos encontrar a Phoenix y agarrar ese libro, ¡podremos demostrarlo todo!

¡Pero el auto de los Brown no arrancaba! Y peor aún, el Sr. Curry había oído que Paddington se había fugado, y les bloqueaba el camino con un megáfono y su pizarra de pánico del barrio indicando Histeria Grave.

—¡Regresen a sus casas! —gritaba el Sr. Curry.

Pero los vecinos de Paddington no hicieron caso.

—Vayan y traigan a casa a Paddington —sonrió el Dr. Jafri, mientras él y los otros vecinos empujaban el auto.

Entre tanto, Paddington había conseguido que alguien le llevara y llegó a la estación antes que los Brown, arreglándoselas para subirse a bordo del tren aún vapor de la feria al mismo tiempo que un guarda de aspecto familiar.

Los Brown y la Sra. Bird llegaron justamente un segundo después. Persiguieron corriendo al tren mientras salía de la estación.

—¡Tenemos que subirnos a ese tren! —gritó la Sra. Brown.

Jonathan vio que había un magnífico viejo tren de vapor Pullman en la otra plataforma.
—Tengo una idea —dijo.

En el tren que salía, el guarda de aspecto familiar se quitó la peluca y se situó delante del órgano de Madame Kozlova.

—Bueno, Abuelo —Phoenix se dirigió al grabado de un mago que había en el frente—, llegó el momento de la verdad.

Arrodillándose, tocó una serie de doce notas.

Desde las profundidades del órgano, surgió una caja del tesoro.
—Hola —susurró Phoenix—. Sí que eres bonita.
Justamente entonces, vio a Paddington que colgaba del tragaluz del vagón del tren, intentando agarrar el libro desplegable.

Siguió una persecución emocionante, en la que el Pullman, conducido por Jonathan, se puso al lado del tren de la feria y Paddington intentó lograr saltar.

Pero antes de poder cruzar, Phoenix encerró a Paddington en el último vagón del tren de la feria, ¡y lo soltó! Los demás observaban impotentes cómo el vagón suelto de Paddington rebotaba por unas vías rotas y se precipitó al turbulento río que había debajo.

La Sra. Brown no lo dudó. Saltó para ir en busca de Paddington.

Fue nadando rápidamente hasta el vagón que se hundía y empujó la puerta. Se abrió un poco, pero la cadena era demasiado fuerte.

¡Paddington estaba atrapado!

La Sra. Brown tiraba una y otra vez del manillar de la puerta, pero la cadena no cedía. Paddington y la Sra. Brown se miraban el uno al otro desesperanzados por la grieta de la puerta.

De repente, había allí más manos empujando la puerta, y entonces la cadena cedió, la puerta se abrió de par en par, ¡y Paddington pudo salir!

La Sra. Brown y Paddington salieron a la superficie del agua, respirando agitadamente, y Knuckles, Spoon y Phibs salieron también, con su hidroavión meciéndose en la superficie del agua cerca de allí.

—¡Knuckles! —farfulló Paddington con asombro— ¿Qué te hizo cambiar de opinión?

—No puedo hacer mermelada yo solo ahora, ¿no? —dijo el hombre con un guiño.

Paddington sonrió feliz.

Por fin, Paddington estaba de nuevo en el 32 de Windsor Gardens donde pertenecía. La policía había entendido que se había producido un terrible error, ¡así que arrestaron a Phoenix y Paddington quedó libre!

—¡Has estado tres días dormido! —le dijo Jonathan cuando abrió los ojos.

—Pero eso significa que es demasiado tarde para enviar un regalo de cumpleaños a tía Lucy. ¡Se despertará el día de su cumpleaños centenario y pensará que me he olvidado de ella!

—Ven con nosotros —sonrió el Sr. Brown.

Perplejo, Paddington siguió a los Brown al piso de abajo. El vestíbulo estaba rebosante de gente; parecía que todo el barrio había llegado para desearle que se recuperara.

—¡Muchas gracias a todos! Pero ¿qué de la tía Lucy?

—Tenemos una sorpresa para ti —dijo el Sr. Gruber. Justamente entonces, sonó el timbre de la puerta.
—¿Por qué no vas a abrir? —sonrió la Sra. Brown.

De pie en el umbral de la puerta, en la nieve, estaba la tía Lucy.

—Hola, Paddington, cariño.

La cara de Paddington se iluminó con una alegría perfecta.

—¡Feliz cumpleaños, tía Lucy!

FIN